ANDREA ARNOLD

Bilderbuch
zu Joh 10,1–11

COVERBILDER MEINER BUCHI

novum pro

Bibliografische Information
der Deutschen Nationalbibliothek:

Die Deutsche Nationalbibliothek
verzeichnet diese Publikation in
der Deutschen Nationalbibliografie.
Detaillierte bibliografische Daten
sind im Internet über
http://www.d-nb.de abrufbar.

Alle Rechte der Verbreitung,
auch durch Film, Funk und Fernsehen,
fotomechanische Wiedergabe,
Tonträger, elektronische Datenträger
und auszugsweisen Nachdruck,
sind vorbehalten.

Gedruckt in der Europäischen Union
auf umweltfreundlichem, chlor- und
säurefrei gebleichtem Papier.

© 2024 novum Verlag

ISBN 978-3-99131-182-9
Lektorat: Elisa Anndaberg
Umschlagabbildungen: Andrea Arnold,
Anna Om l Dreamstime.com
Umschlaggestaltung, Layout & Satz:
novum Verlag
Innenabbildungen: siehe
Bildquellennachweis S. 38

www.novumverlag.com

Liebe Betrachterin, lieber Betrachter,

ich möchte eine Zusammenfassung meiner Texte in Bildform machen. Die Coverbilder beziehen sich auf meine Romane und auf das Evangelium Joh 10,1-11.
Jeder Roman ist Text zu dem genannten Bibelvers. Jedes Coverbild ist Bild zu dem genannten Bibelvers.
Die Coverbilder gestalteten eifrige Mitarbeiterinnen und Mitarbeiter des novum Verlages nach meinen Vorschlägen. Nochmal vielen herzlichen Dank dafür. Auch das Drucken und den Vertrieb übernahmen emsige Mitarbeiterinnen und Mitarbeiter des Verlages. Wieder gibts ein Dankeschön von mir. Durch die Mithilfe vieler Menschen konnte dieses Bilderbuch entstehen. Und durch dein Interesse ist das Bilderbuch von Bedeutung.
Das Bilderbuch kann in dir wirken. Du bist die Bücher, die du betrachtest und liest. Gutes beginnt immer von innen. Und bei diesen Bibelversen wird Gutes und Böses gegenübergestellt. Jesus hob diesen Dualismus von Gut und Böse auf eine höhere Ebene. In dieser Metaebene merzte er das Böse aus und wir sind in einer Synthese von „Finden von Lösungen des Guten", wenn wir das glauben. Jesus möchte, dass er in uns lebt. Er möchte uns alle zu guten Hirten machen. Und Jesus wollte das letzte Menschenopfer sein. Am Ostermontag bewies er, dass er Alleinherrscher über Leben und Tod ist. Ich finde, seine Botschaft und sein Sein, sollten wir beherzigen und wir dürfen uns Jesus bewusst sein. Jesus sagte: „Es ist vollbracht." Wir leben im Neuen Bund mit ihm. Wir sind alle Königskinder.

Ich wünsche dir viel Zeit und gute Gedanken beim Betrachten und Lesen.

Herzlich
Andrea

COVER VON

Jetzerla

Amen, amen, ich sage euch: Wer in den
Schafstall nicht durch die Tür hineingeht,
sondern anderswo einsteigt, der ist ein Dieb
und ein Räuber.

Joh 10,1

COVER VON

Plätschern und Walzer

Wer aber durch die Tür hineingeht,
ist der Hirt der Schafe.

Joh 10,2

COVER VON

Sahras Gedankenwelt

Ihm öffnet der Türhüter und die Schafe hören
auf seine Stimme; er ruft die Schafe,
die ihm gehören, einzeln beim Namen
und führt sie hinaus.

Joh 10,3

COVER VON

Die Gedanken sind frei

Wenn er alle seine Schafe hinausgetrieben hat,
geht er ihnen voraus und die Schafe folgen ihm;
denn sie kennen seine Stimme.

Joh 10,4

COVER VON

Wühlmauspflanze

Einem Fremden aber werden sie nicht folgen, sondern sie werden vor ihm fliehen, weil sie die Stimme der Fremden nicht kennen.

Joh 10,5

COVER VON

Hörkino

Dieses Gleichnis erzählte ihnen Jesus;
aber sie verstanden nicht den Sinn dessen,
was er ihnen gesagt hatte.

Joh 10,6

COVER VON

Idealia

Weiter sagte er zu ihnen: Amen, amen, ich sage euch: Ich bin die Tür zu den Schafen."

Joh 10,7

COVER VON

Gewinne

Alle, die vor mir kamen, sind Diebe und Räuber;
aber die Schafe haben nicht auf sie gehört.

Joh 10,8

COVER VON

Elisabeths Buchhaltung

Ich bin die Tür; wer durch mich hineingeht,
wird gerettet werden; er wird ein- und ausgehen
und Weide finden.

Joh 10,9

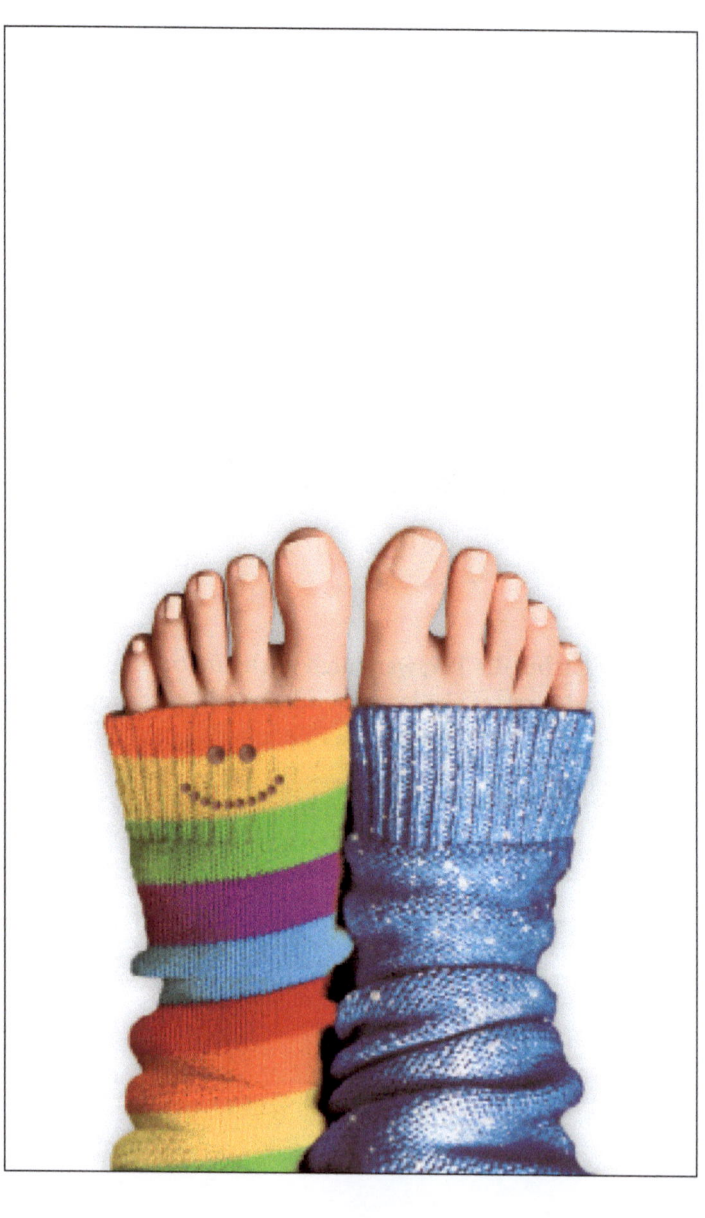

COVER VON

Zehen

Der Dieb kommt nur, um zu stehlen,
zu schlachten und zu vernichten; ich bin
gekommen, damit sie das Leben haben
und es in Fülle haben.

Joh 10,10

COVER VON

Ich bin

Ich bin der gute Hirt. Der gute Hirt gibt sein Leben hin für die Schafe.

Joh 10,11

Bildquellennachweis:
S. 6 © Subbotina l Dreamstime.com
S. 8 © Rudall30, Tijanap, Evron l Dreamstime.com
S. 10 © Marcelmooij, Cornelius20 l Dreamstime.com
S. 12 © Digital Saint, Subbotina l Dreamstime.com
S. 14 © Littlem0use l Dreamstime.com
S. 16 © Lftan, Subbotina l Dreamstime.com
S. 18 © Lftan, Rudall30, Cornelius20 l Dreamstime.com
S. 20 © Lenapix, Chernetskaya, Lukas Jonaitis l Dreamstime.com
S. 22 © Elena Schweitzer, Maximka87, Dmitriy Golbay, Subbotina l Dreamstime.com
S. 24 © Ratchadaphon Sriprapha, Maksim Marchanka, Rozi81,
    Elena Schweitzer l Dreamstime.com
S. 26 © Iryna Lastovenko, Multik, Brita Seifert, Antonel, Vaclav Volrab, Alfio Scisetti,
    Dpikros, Maumyhata, Burin Suporntawesuk l Dreamstime.com

Die Autorin

Andrea Arnold, 1973 geboren und heute in Windsbach in Bayern lebend, hat bereits mehrere Bücher beim novum Verlag vorgelegt. Sie ist ledig und Mutter von 6 Kindern. Es ist nun ihr 12. Buch und die Zusammenfassung ihrer anderen 11 Bücher. Ihre Buchreihe betitelte sie als „Buchi". Sie möchte in Zukunft weiterhin viel Lesen und ihrem Alltag nachgehen.

novum VERLAG FÜR NEUAUTOREN

Der Verlag

> *Wer aufhört
> besser zu werden,
> hat aufgehört
> gut zu sein!*

Basierend auf diesem Motto ist es dem novum Verlag ein Anliegen, neue Manuskripte aufzuspüren, zu veröffentlichen und deren Autoren langfristig zu fördern. Mittlerweile gilt der 1997 gegründete und mehrfach prämierte Verlag als Spezialist für Neuautoren in Deutschland, Österreich und der Schweiz.

Für jedes neue Manuskript wird innerhalb weniger Wochen eine kostenfreie, unverbindliche Lektorats-Prüfung erstellt.

Weitere Informationen zum Verlag und
seinen Büchern finden Sie im Internet unter:

w w w . n o v u m v e r l a g . c o m